Don aoire agus na huain—
Flea, Sara, agus James.

Arna fhoilsiú ag
Gill and Macmillan Ltd
Goldenbridge
Baile Átha Cliath 8
agus cuideachtaí comhlachta ar fud an domhain

© Kim Lewis 1990

Eagrán Gaeilge © Gill and Macmillan Ltd 1992
An chéad fhoilsiú 1990 ag Walker Books Ltd
Aistritheoir: Aoibheann Uí Chearbhaill
0 7171 1930 0

Arna chlóbhualadh i Hong Kong

Mac an Aoire

Kim Lewis

Gill and Macmillan

Aoire ab ea athair Shéamais. D'éirigh sé go luath gach lá, thug sé a chaimín agus a mhadra caorach leis, agus chuaigh sé amach go dtí na caoirigh.

Ba bhreá le Séamas a bheith ina aoire freisin.

'Fan go mbeidh tú beagán níos sine,' arsa a athair leis.

Mar sin d'fhan Séamas ach choimeád sé súil ar gach ní.

D'fhan Séamas agus
choimeád sé súil ar gach ní i
rith an earraigh. Chonaic sé na
huain nua ag teacht ar an saol
agus chonaic sé na huain sin
ag éirí mór agus láidir.

D'fhan Séamas agus choimeád sé súil ar gach ní i rith an tsamhraidh. Chonaic sé a athair ag lomadh na gcaorach agus chonaic sé a mháthair ag cur na holla i málaí.

D'fhan Séamas agus choimeád sé súil ar gach ní i rith an fhómhair. Chonaic sé a mháthair ag cabhrú chun na huain a bhaint den chíoch agus chonaic sé a athair ag tumadh na gcaorach.

Lá an mhargaidh chonaic
Séamas na huain á ndíol
agus chuala sé na feirmeoirí
ag caint faoin ngeimhreadh.

Nuair a tháinig an sneachta chonaic Séamas a athair ag tabhairt bia do na caoirigh a bhí in aice an tí. Chonaic sé é ag tabhairt féir ar an dtarracóir chuig na caoirigh a bhí ar an gcnoc.

Ansin d'fhan Séamas go dtí gur tháinig a athair abhaile don tae.

Lá Nollag d'oscail Séamas, a athair agus a mháthair na bronntanais a bhí faoin gcrann. Fuair Séamas caimín, caipín agus feadóg bhreá nua dó féin.

Tháinig Séamas ar choileán madra caorach sa scioból. Léigh a athair an cárta a bhí ar mhuineál an choileáin:

Seip is ainm dom. Is le Séamas an t-aoire mé.

Nuair a tháinig an t-earrach arís d'éirigh Séamas go han-luath. Thug sé a chaimín agus a chaipín leis agus ghlaoigh sé ar Sheip lena fheadóg.

Ansin chuaigh Séamas agus a athair go dtí na páirceanna i dteannta a chéile.